W9-CRT-994

Texte : Danielle Vaillancourt
Illustrations : Marie-Claude Favreau

Trop...
c'est trop !

À PAS DE LOUP

Niveau

1

J'apprends à lire

Dominique et compagnie

Catalogage avant publication de la Bibliothèque nationale du Canada

Vaillancourt, Danielle

Trop... c'est trop !

(À pas de loup. Niveau 1, J'apprends à lire)

Pour enfants.

ISBN 2-89512-383-7

I. Favreau, Marie-Claude. II. Titre. III. Collection.

PS8593.A525T76 2003 jC843'.6 C2003-941282-2
PS9593.A525T76 2003

Directrice de collection : Lucie Papineau
Direction artistique et graphisme :
Primeau & Barey
Dépôt légal : 1er trimestre 2002
Bibliothèque nationale du Québec
Bibliothèque nationale du Canada

Dominique et compagnie

300, rue Arran, Saint-Lambert
(Québec) Canada J4R 1K5
Téléphone : (514) 875-0327
Télécopieur : (450) 672-5448
Courriel : dominiqueetcie@editionsheritage.com
Site Internet : www.dominiqueetcompagnie.com

Imprimé au Canada

10 9 8 7 6 5 4 3

Nous remercions le Conseil des Arts du Canada de l'aide accordée à notre programme de publication.

Nous reconnaissons l'aide financière du gouvernement du Canada par l'entremise du Programme d'aide au développement de l'industrie de l'édition (PADIÉ) pour nos activités d'édition.

Nous reconnaissons l'aide financière du gouvernement du Québec par l'entremise du Programme de crédit d'impôt pour l'édition de livres – SODEC – et du Programme d'aide aux entreprises du livre et de l'édition spécialisée.

*À Dominique Demers,
qui n'a pas peur d'être
trop…*

*Et à la vraie Néva
Lopez, qui est « trop
chou » !*

Danielle Vaillancourt

Le matin, le midi, le soir,
Néva veut un chien.

4

Maman, elle, veut tout...
sauf un chien !

Néva fait donc la grève des bisous.

Maman peut se passer de tout…
mais pas de bisous ! Alors, elle dit : « Oui ! »

À l'animalerie, Néva choisit
le chien le plus drôle.

Celui qui jappe trop, qui bouge trop
et qui a de trop grandes oreilles.

9

Néva appelle son drôle de chien Max.

Néva doit dresser Max. Elle dit : « Assis ! »

« Non, Max ! Pas sur le cochon
d'Inde de Jako ! »

Néva dit plutôt : « Couché ! »

« Non, Max ! Pas dans le nouveau
lit de mamie ! »

Néva essaie quelque chose de plus facile :
« Mange ! »

Max mange deux grosses boîtes
de biscuits et...

… la moulée du cochon d'Inde, le tricot
de tante Margot…

... les lunettes de maman, le sac de golf
de papa...

... la collection préférée de Néva, en plus du nouveau lit de mamie !

Néva ne se décourage pas… trop !

Même si Max prend toute la place dans l'auto.

Pour l'anniversaire de tante Margot, maman
a préparé un gâteau.

Mais tout à coup… Oh! Oh!

Maman crie : « TROP, C'EST TROP ! »

Max comprend tout.

Néva cherche son chien. Partout, partout.

Dans le frigo, sous les lavabos,
même en haut des poteaux !

Papa, Jako, maman et tante Margot
appellent Max.

Mais Max ne vient pas. Il se sent de trop.

Néva pleure tant que maman dit : « Viens, Max.
Viens manger le beau gâteau au lait chaud ! »

« Aaaaaaaouuuuuu ! » crie Max en bondissant
hors de sa cachette.

« Max ! chuchote Néva.
Moi, je t'aime... trop ! »